AN TRI BOUC'H

Un istor koñtet gant
Jean-Louis Le Craver
treset gant
Rémi Saillard
troet gant
Mona Bouzec-Cassagnou

LES BILINGUES
Didier Jeunesse

Ur wech e oa tri bouc'h.
Bleveg 'oa anv an hini bihan,
Reuneg 'oa anv an hini krenn,
Barveg 'oa anv an hini brasañ.

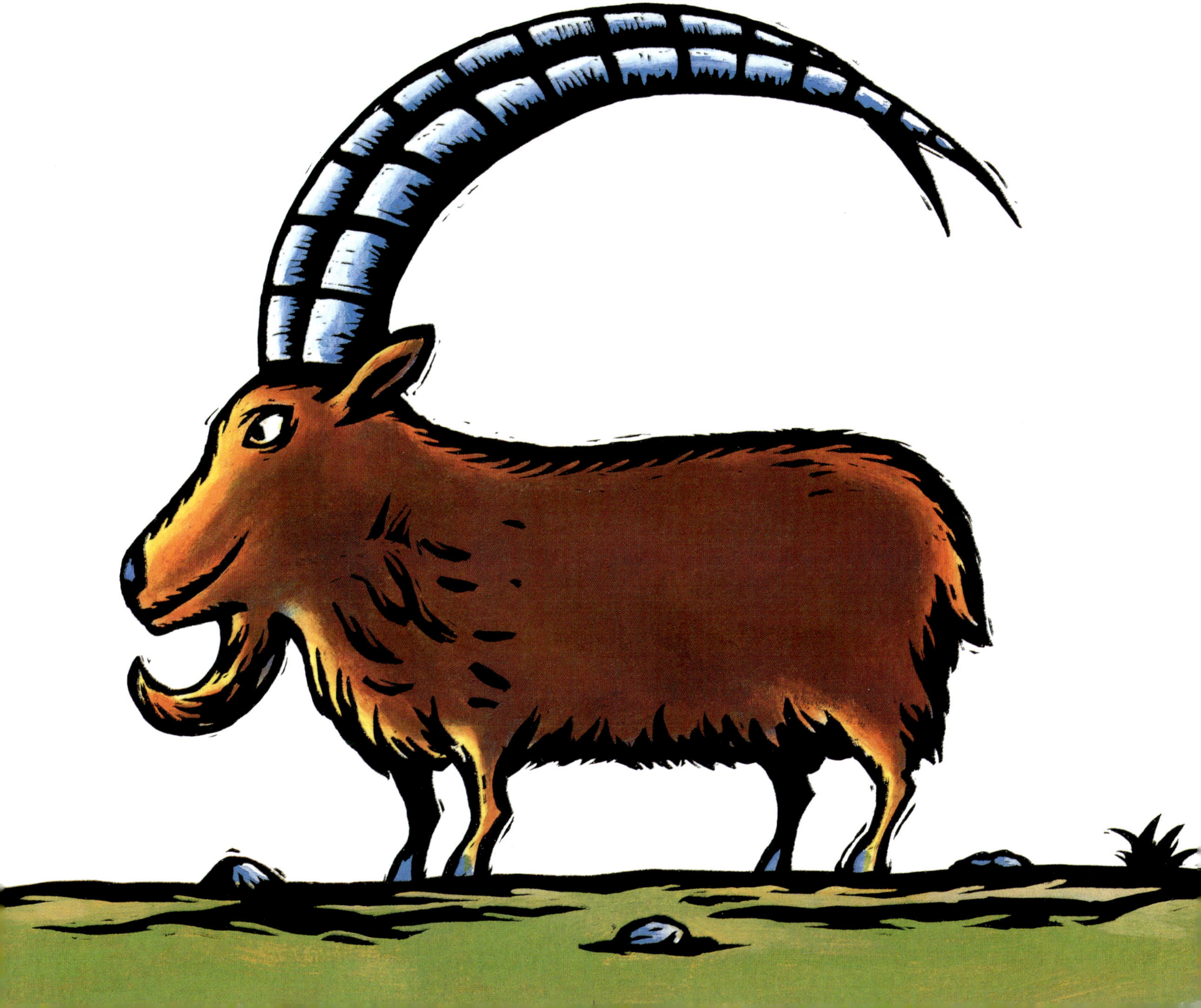

Setu un devezh e oant aet etrezek ar menez.
Ar menez e-lec'h m'emañ uhel-uhel ar geot
ha kalz gwelloc'h evit lec'h all.

Met ar pezh 'oa : evit degouezhout betek du-se,
e oa dav dezhe treuziñ ur stêr lamm-dilamm,
hag evit treuziñ ar stêr-se,
e oa dav mont betek tu all ur pont koad…

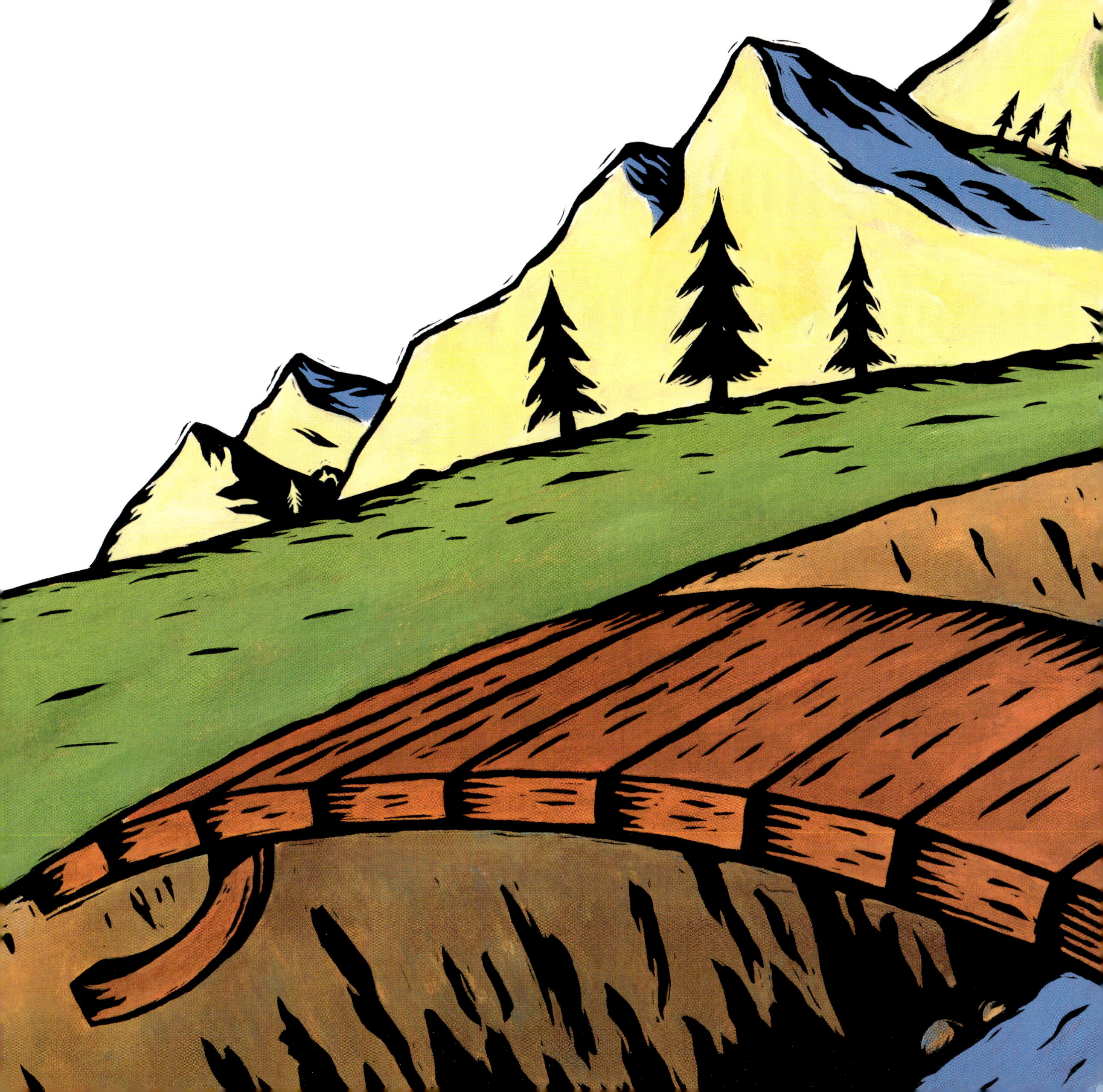

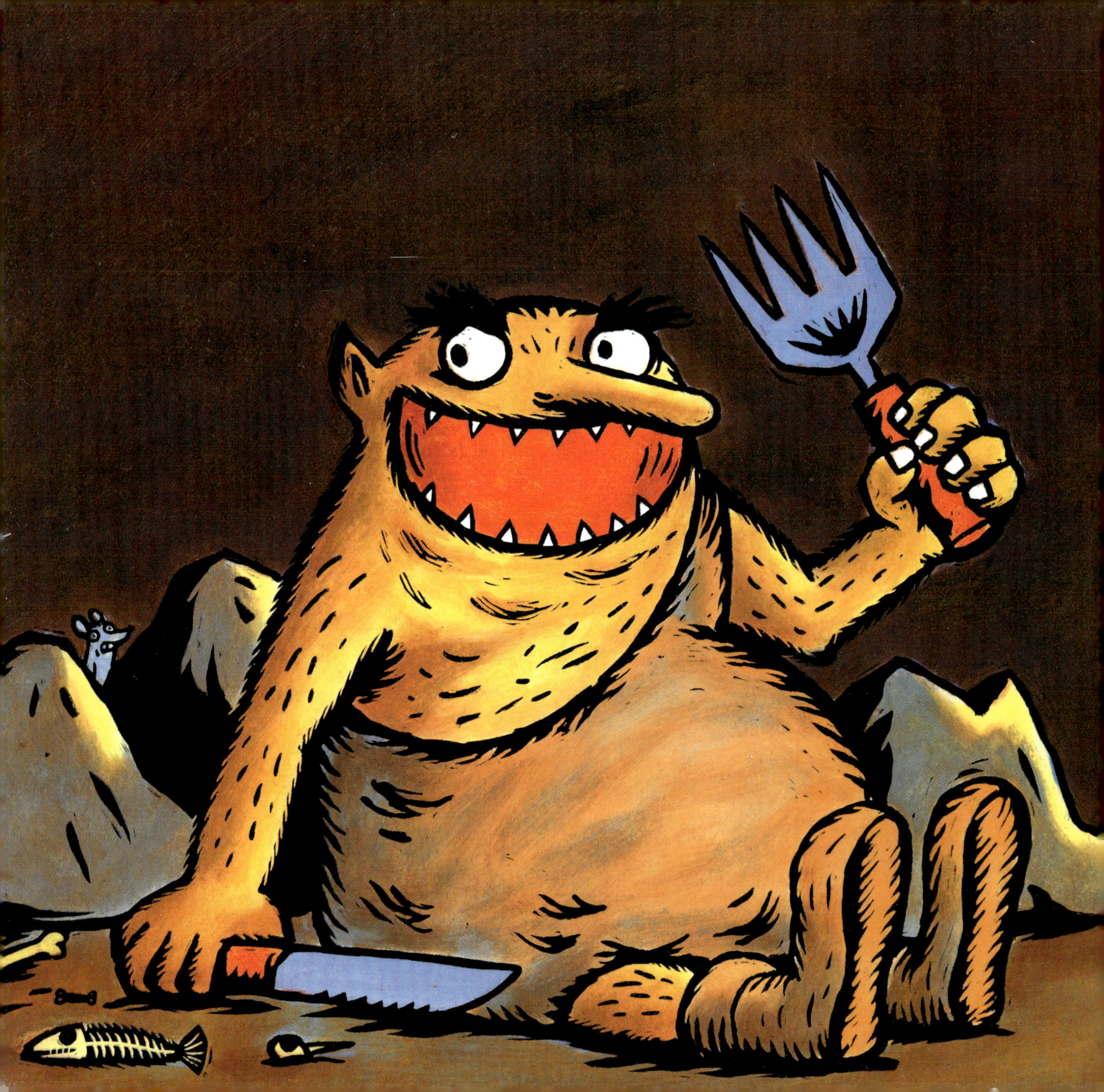

ha dindan ar pont koad-se
e oa ur pezh troll o chom.

An hini spontusañ deus an trolled !

Daoulagad ejen e-giz div vell rigadenn,
ur fri ken hir hag ur vazh,
ha kof-yod ouzhpenn !
ha loñket e veze gantañ kriz-bev
kement hini a zegouezhe da
lakaat e dreid war ar pont-se.

P'o deus graet an tri bouc'h
un taol-sell war ar pont,
eo chomet Barveg e sav,
hag en deus lâret :

- Diwallit ! Dindan ar
pont-se zo risk d'ho puhez :
emaon o vont da lâret deoc'h
petra gober, selaouit mat !...

Selaouet brav eo bet gant an daou all,
ha setu Bleveg
o vont war-raok e unan war ar pont :
trip, trap, trip, trap...

- **Opala !** 'lâr an troll,
piv 'ta zo o piltrotat hag o c'hober reuz war-c'horre ma font koad ?

- Bleveg an hini eo, ar bouc'h bihan, emaon o vont betek ar menez, e-lec'h m'emañ ken mat ar geot...

- Souezhet bras 'vefen, dre an abeg m'emaon o vont da loñkañ ac'hanout !

- Pas alkent, Troll, pas debriñ ac'hanon ! ken treutig emaon. Gwelloc'h dit gortoz ma breur a zo o tont war ma lerc'h, hennezh zo tev ha lart.

- Ma 'z eo e-mod-se an traou, 'lar an troll, kerzh gant da hent, gwelloc'h e vo ganin debriñ da vreur.

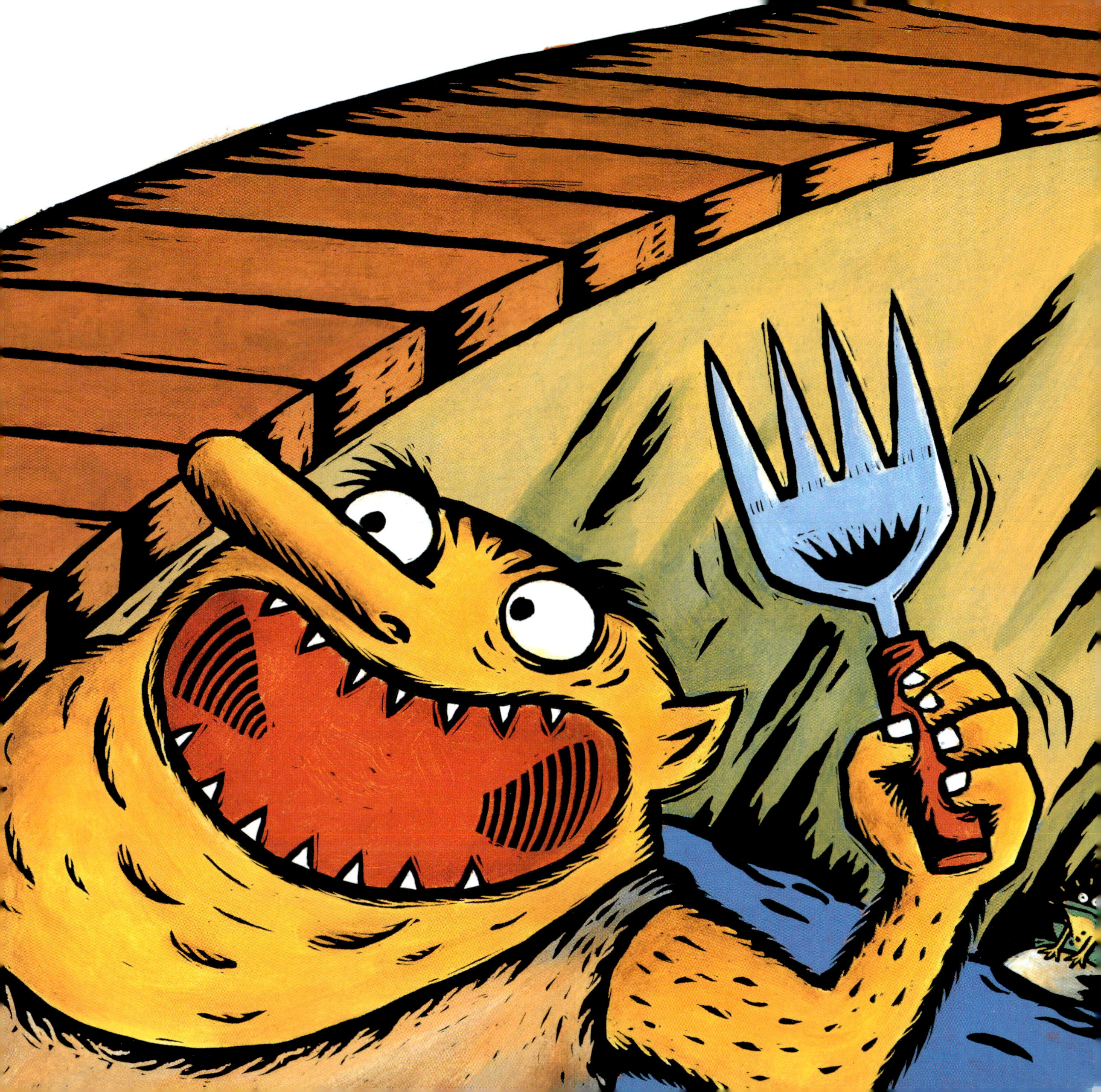

Ha setu Reuneg
o vont war-raok e unan war ar pont :
trip, trop, trip, trop...

- **Opala !** 'lar an troll, *piv 'ta zo o piltrotat hag o c'hober reuz war-c'horre ma font koad ?*

- Reuneg an hini eo, breur Bleveg, 'lar ar bouc'h bras,
emaon o vont betek ar menez, e-lec'h m'emañ ken mat ar geot...

- Souezhet bras 'vefen, dre an abeg m'emaon o vont
da loñkañ ac'hanout !

- Pas alkent, Troll, pas debriñ ac'hanon, un tammig re skañv emaon c'hoazh. Gwelloc'h dit gortoz ma breur a zo o tont war ma lerc'h : hennezh zo tev ha lart.

- Ma 'zeo mod-se an traou, 'lar an troll, kerzh gant da hent,
te da da dro ; gwelloc'h e vo ganin debriñ da vreur.

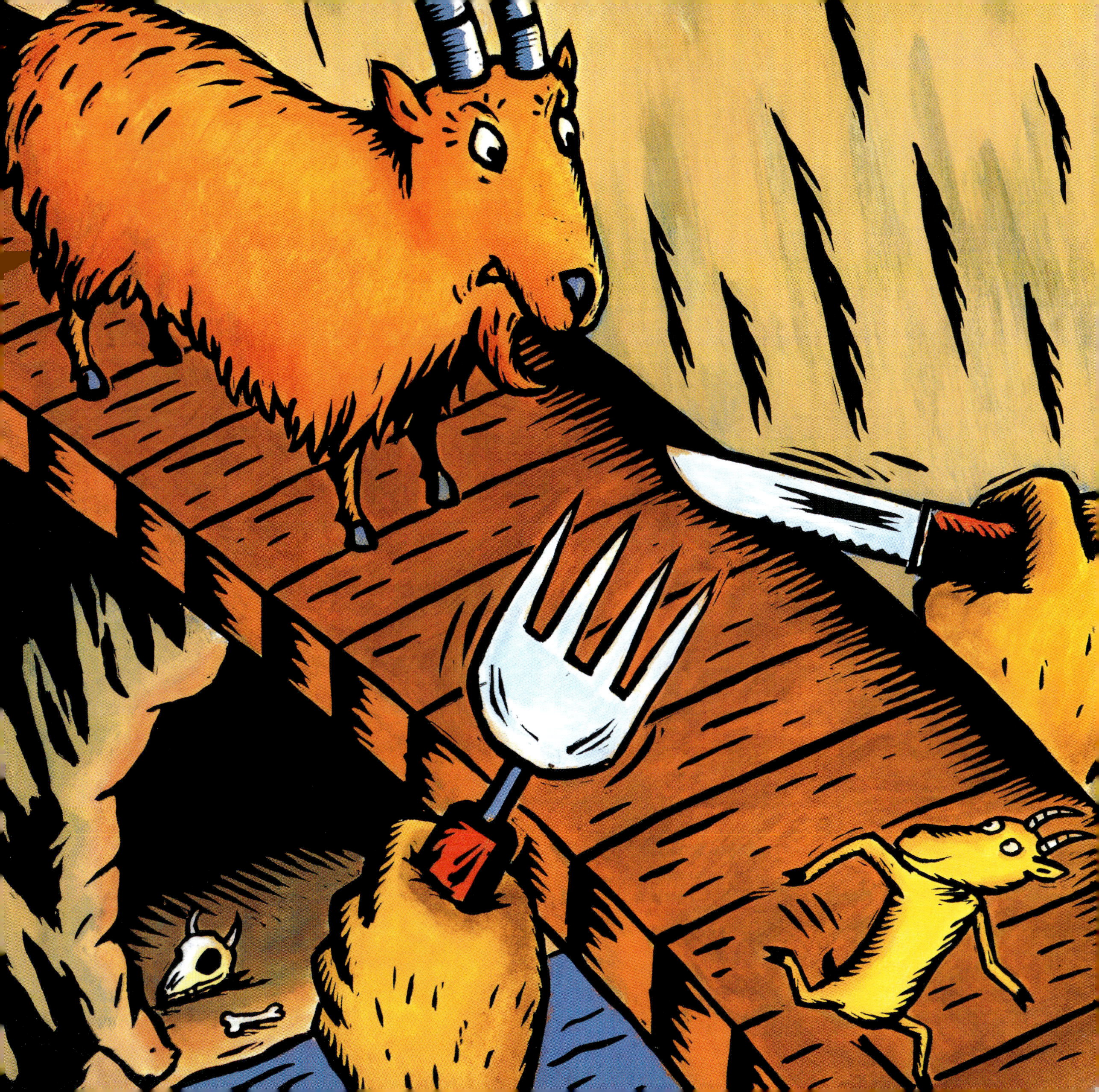

14

Ha setu Barveg
o vont war-raok e unan war ar pont :
trip, troup, trip, troup !...

- Opala !, 'lar an troll,
piv 'ta zo o piltrotat hag o c'hober reuz war-c'horre ma font koad ?

- Barveg an hini eo, breur Reuneg, 'lar ar bouc'h bras,
emaon o vont betek ar menez, e-lec'h m'emañ ken mat ar geot...

- Souezhet bras 'vefen, dre an abeg m'emaon
o vont da loñkañ ac'hanout !

- Troll brein, 'lar Barveg, m'emañ an dra-se ba da soñj,
'peus ken nemet tostaat, 'ta, ha vo gwelet !

An troll, malis ruz ennañ, 'bign war ar pont,
met n'eo ket Barveg hanter bouc'h memestra…
hag hemañ da vont a-benn en troll,

gant e gernioù, da doullañ e gof dezhañ,
ha da stlapañ anezhañ en dour
gant ur mell taol botez.

Plaouf !

Deuet eo Barveg da gavout Bleveg ha Reuneg d'an tu all,
aet int betek ar menez
e-lec'h m'emañ ken mat ar geot.

Degouezhet int tev ha lart,
kement all zo bet peuret gante !

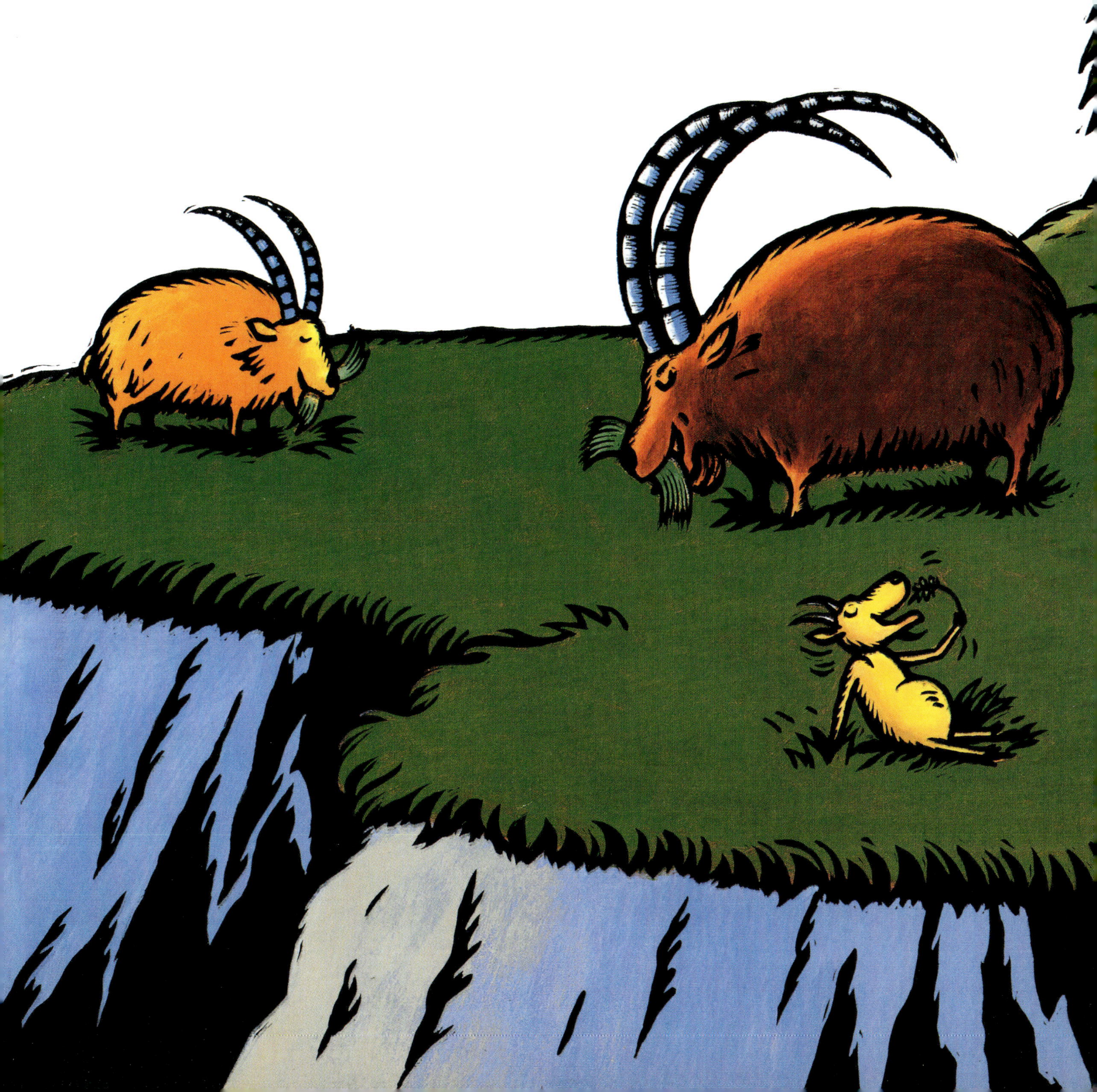

Ha dibaoe, ma n'eo ket teuzet lard o c'hig,
Neuze emaint atav ken rOntik.

Deus ur goñchenn anaet mat e Bro-Norj eo bet tennet istor an tri bouc'h
a zo deuet a-benn da skampa kuit, an eil war-lerc'h egile,
deus an troll o klask debriñ anezhe. Embannet eo bet evit ar wech kentan
gant an dastumerien koñchennoù Peter Christen Asbjørnsen ha Jorgen Møe.

LES TROIS BOUCS

Version française publiée par Didier Jeunesse
dans la collection *À petits petons* sous la direction littéraire de Céline Murcier

Page 2 : Il était une fois trois boucs. Le plus petit c'était Poilu, le moyen c'était Velu et le plus grand c'était Barbu.
Page 4 : Et voilà qu'un jour, ils sont partis pour la montagne. La montagne où l'herbe est très, très haute et bien meilleure qu'ailleurs. Seulement voilà : pour arriver là, ils devaient franchir un torrent, pour franchir ce torrent, passer un pont de bois…
Page 7 : et sous ce pont de bois vivait un troll. Le plus horrible des trolls ! Des gros yeux ronds comme des boutons, le nez long comme un bâton, ce troll était aussi ventru ! et ceux qui passaient sur le pont, il les mangeait tout crus.
Page 8 : Quand les trois boucs ont vu le pont, Barbu s'est arrêté, puis il a dit :
- Attention ! Il y a du danger là-dessous ; je vais vous expliquer ce qu'il faut faire, écoutez bien…
Page 9 : Les deux autres ont écouté bien comme il faut, et voilà Poilu qui s'avance tout seul sur le pont : trip, trap, trip, trap…
Page 10 : - Holà ! dit le troll, qui trotte et sabote sur mon pont de bois ?
- C'est Poilu, le petit bouc, je vais dans la montagne où l'herbe est tellement bonne…
- Ça m'étonnerait beaucoup, parce que je vais te manger !
- Non, Troll, ne me mange pas ! Je suis tout maigrichon. Attends plutôt mon frère qui vient derrière, celui-là est gros et gras.
- Si c'est comme ça, dit le troll, passe ton chemin, je préfère manger ton frère.
Page 12 : Et voilà Velu qui s'avance tout seul sur le pont : trip, trop, trip, trop…
- Holà ! dit le troll, qui trotte et sabote sur mon pont de bois ?
- C'est Velu, le frère de Poilu, dit le moyen bouc, je vais dans la montagne où l'herbe est tellement bonne…
- Ça m'étonnerait beaucoup, parce que je vais te manger !
- Non, troll, ne me mange pas ! Je ne fais pas encore le poids. Attends plutôt mon frère qui vient derrière, celui-là est gros et gras.
- Si c'est comme ça, dit le troll, passe ton chemin, toi aussi ; je préfère manger ton frère.
Page 15 : Et voilà Barbu qui s'avance tout seul sur le pont : trip, troup, trip, troup !…
- Holà ! dit le troll, qui trotte et sabote sur mon pont de bois ?
- C'est Barbu, le frère de Velu, dit le grand bouc, je vais dans la montagne où l'herbe est tellement bonne…
- Ça m'étonnerait beaucoup, parce que je vais te manger !
- Vilain Troll, dit Barbu, si c'est là ton idée, approche toujours, on verra bien.
Page 16 : Le troll en colère monte sur le pont, mais Barbu n'est pas la moitié d'un bouc : il fonce les cornes en avant, perce le ventre du troll,
Page 17 : et d'un grand coup de sabots, il le balance dans l'eau, plouf !
Page 18 : Puis Barbu a rejoint Poilu et Velu sur l'autre bord, ils sont allés dans la montagne où l'herbe est tellement bonne, ils en ont tant brouté qu'ils sont devenus gros et gras…
Page 20 : Et si depuis leur gras n'a pas fondu, ils sont toujours aussi dodus.

L'histoire des trois boucs qui échappent l'un après l'autre au troll qui veut les manger est un conte populaire norvégien.
Il a été publié pour la première fois en 1843 par les folkloristes Peter Christen Asbjørnsen et Jorgen Møe.

© Didier Jeunesse, Paris, 2008
8 rue d'Assas - 75006 Paris
www.didierjeunesse.com
Photogravure : AGC
Impression : Imprimerie Clerc
Achevé d'imprimer en France en décembre 2007
ISBN : 978-2-278-05956-0
Dépôt légal : 5956/01
Loi n°49956 du 16 juillet 1949 sur les publications destinées à la jeunesse.

LES BILINGUES Didier Jeunesse

Découvrez aussi :

EN ARABE

Des livres en français-arabe, pour raconter dans les deux langues !

EN ANGLAIS

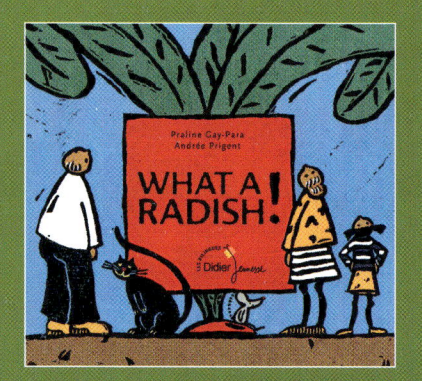

Un conte traditionnel bilingue pour s'initier à l'anglais en s'amusant

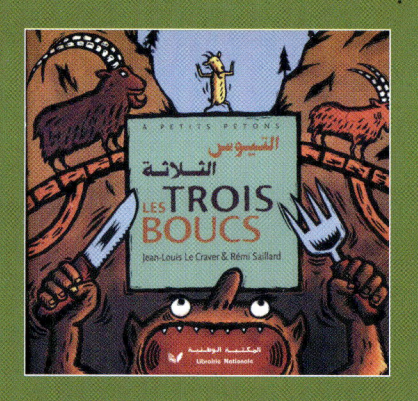

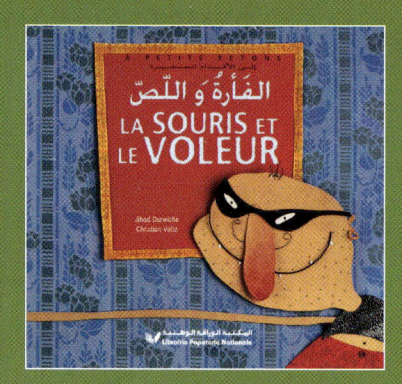

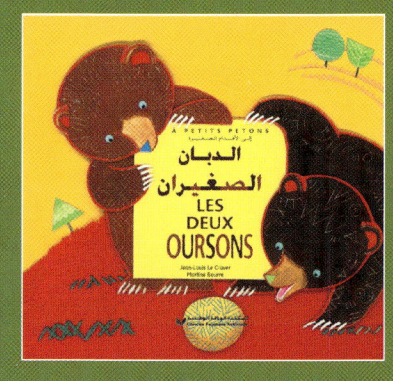

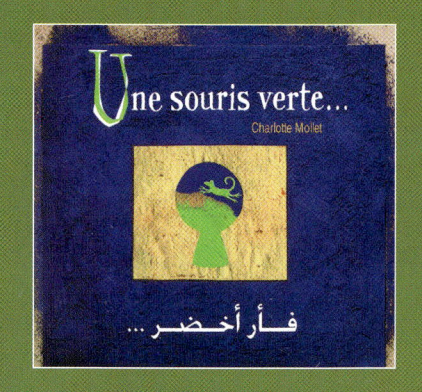